말괄량이 길들이기

The Taming of the Shrew
말괄량이 길들이기

셰익스피어 지음 | 이준 옮김

생각과마음

The Taming of the Shrew

by William Shakespeare ★ Lee Jun

© 2023. IDEA AND MIND Publishing Co. all rights reserved.

"언어의 힘은 사랑의 힘과 같다.

 그것은 우리의 마음을 움직이고,

 우리의 사랑을 성장시키며,

 우리의 관계를 굳건히 한다."

목차

서막　1장　황야에 있는 양조장 앞 _11
　　　　2장　영주의 침실 _17

제1막　1장　파도바의 광장 _23
　　　　2장　파도바의 호르텐시오의 집 앞 _32

제2막　1장　파도바의 뱁티스타의 집 방안 _41

제3막　1장　파도바의 뱁티스타의 집 방안 _59
　　　　2장　뱁티스타의 집 앞 _65

제4막　1장　페트루키오의 시골집 홀 _77
　　　　2장　파도바의 뱁티스타의 집 앞 _85
　　　　3장　페트루키오의 집 방안 _89
　　　　4장　파도바의 뱁티스타의 집 앞 _99
　　　　5장　공공 도로 _105

제5막　1장　파도바의 루첸티오의 집 앞 _109
　　　　2장　루첸티오의 집 방안 _119

등장인물

영주

슬라이: 땜장이

안주인

시동

배우들

사냥꾼들

하인들

뱁티스타: 파도바의 부자

빈첸티오: 피사의 노신사

루첸티오: 빈첸티오의 아들 (비앙카를 사랑하는 사람)

페트루키오: 베로나의 신사 카타리나의 청혼자

그레미오, 호르텐시오: 비앙카의 청혼자

트라니오, 비온델로: 루첸티오의 하인들

그루미오, 커티스: 페트루키오의 하인들

선생: 빈첸티오로 위장한 사람

카타리나: 뱁티스타의 딸, 말괄량이

비앙카: 뱁티스타의 딸 (둘째)

장소

파도바와 페트루키오의 시골집

서막

1장-황야에 있는 양조장 앞

(주막 안주인과 슬라이가 등장한다.)

슬라이: 이 여자가 진짜? 한 대 맞아야 하겠군.

안주인: 수치나 당해라. 이 잡놈아.

슬라이: 야, 이 잡년아, 우리 집안 족보를 살펴봐라! 슬라이 가문에 잡놈? 우리 집안은 정복왕 리처드와 함께 이곳에 왔느니라. 그러니 간단히 말하면 세상만사 내 맘대로야! 빨리 꺼져!

안주인: 아니, 유리컵을 박살 내 놓고 그냥 가겠다고?

슬라이: 그래, 못 물어 줘! 도망이나 쳐야지!

안주인: 그렇게 나오시겠다? 나도 방법이 다 있지, 경찰 부르러 간다. (퇴장)

슬라이: 누구든지 불러! 내가 법으로 상대해 줄 테니… 올 거면 오라고 해. 아주 환영해 줄 테니! (주절거리며 땅에 쓰러진다.)

(나팔 소리가 들린다. 사냥을 마친 영주가 하인들과 함께 돌아온다.)

영주: 사냥꾼들아, 사냥개를 잘 돌보아라! 실버는 사라진 짐승을 다시 추적하는 기가 막힌 놈이다! 얼마를 주더라도 팔 생각이 없어!

사냥꾼1: 영주님, 벨먼도 아주 만만치 않은 친구입니다!

영주: 바보 같은 놈아, 어차피 에코가 날뛰면 그 정도는 하고도 남아. 아무튼, 개나 잘 돌봐줘라! 내일 사냥에 다시 나설 거니까.

사냥꾼1: 알겠습니다. 영주님!

영주: (슬라이를 보며) 이건 뭐야? 술주정뱅이야? 죽

은 거야?

사냥꾼2: 숨은 쉽니다. 영주님.

영주: 정말 흉측한 짐승 같구나. 이놈에게 장난을 좀 치고 싶은데 다들 어떻게 생각하느냐? 내 침실로 데려가서 영주마냥 대해 주면 제 주제를 알아챌 수 있을까. 과연?

사냥꾼1: 절대 알지 못할 것입니다.

사냥꾼2: 아주 어리둥절할 것 같습니다.

영주: 다들 넘치지 않게, 적당히만 연기하면 들키지 않고 재밌는 볼거리가 될 것이다. 알겠느냐?

사냥꾼1: 알겠습니다. 영주님! 아주 기가 막히게 연기해서 영주라고 속게 만들겠습니다!

영주: 그를 데려가서 침대에 눕혀라! (슬라이 운반되어간다. 나팔소리가 난다.) 이게 무슨 나팔소리냐? 가서 알아보거라.

(하인 퇴장)

(하인 다시 등장)

서막 1장

영주: 그래, 누구더냐?

하인: 영주님을 위해 공연할 배우들이 도착했습니다.

영주: 이 자리로 그들을 불러라!

(배우들 등장)

영주: 아주 환영하오!

배우들: 감사합니다!

영주: 오늘 밤 내 집에서 머물러 줄 수 있겠나?

배우1: 초대해 주신다면 기꺼이 받아들이겠습니다.

영주: 기꺼이 초대하지! 아 그건 그렇고, 내가 장난을 하나 계획하고 있는데 협조해 줄 수 있나? 오늘 밤 아주 귀한 분이 공연을 보실 건데 그분이 공연을 처음 보는 거라 다소 웃긴 반응이 나올 수 있어. 근데 그렇다고 자네들이 비웃으면 안 되네. 아마도 그분은 참지 못할 것 같거든.

배우1: 걱정하지 마십시오. 영주님! 세상에서 가장 웃긴 분이 오셨어도 저희는 참을 수 있습니다.

영주: 좋네! 여봐라, 이들을 식당으로 데려가서 아주 극진히 대접해주거라!

(배우1, 다른 배우들과 함께 퇴장한다.)

영주: 가서 시동 버설러뮤에게 귀부인처럼 연기하여 그 술주정뱅이를 모시라 해라! 아마 귀부인을 곁에서 모셨으니 아주 잘 따라할 것이다! 겸손하고 공손한 자세를 취하면서도 아주 부드럽게 본인에게 빠지도록 유도하라, 하거라!

(하인 퇴장)

영주: 아무래도 직접 가봐야겠어. 내가 없으면 하인들이 너무 지나치게 웃어 일을 그르칠 수도 있으니.

(모두 퇴장)

16 말괄량이 길들이기

2장-영주의 침실

(좋은 옷을 입은 슬라이와 여러 물건을 든 하인들 등장, 하인과 같은 옷을 입고 있는 영주 등장한다.)

슬라이: 술 한잔 주시오!

하인1: 나으리, 포도주로 드릴까요?

하인2: 나으리, 꿀에 절인 과일을 드릴까요?

하인3: 나으리, 오늘은 어떤 옷을 입으시겠습니까?

슬라이: 나에게 이러지 마시오. 아무것도 해본 적이 없으니…

영주: 제발 하늘이시여… 이런 고귀한 분이 빨리 실성에서 벗어나게 도우소서…

슬라이: 그만하시오. 날 미치게 할 심산이오? 진짜 내가 슬라이가 아니란 말이오?

하인1: 이러시니 마님께서 걱정하시지요.

하인2: 이러시니 하인들이 기가 죽었지요

영주: 이러시니 친척분들이 발걸음을 끊으시지요. 나리 어서 쫓아낸 옛 기억들을 돌아오게 하고 지금 하고 계시는 망상을 내쫓으십시오. 여기 하인들을 보십시오. 무슨 일이든 할 준비가 되어 있으니 분부만 내려 주시지요.

하인1: 나리께서 달리라고 하시면 아주 빠르게 달리겠습니다.

하인2: 그림을 보고 싶으시면 사랑의 여신이 그려져 있는 아주 좋은 그림을 가져오겠습니다.

하인3: 아니면 아폴론 신에게 쫓겨 가시덤불 숲으로 달아난 다프네가 다친 장면을 생생하게 표현한 솜씨 좋은 그림을 가져오겠습니다.

영주: 나리는 분명 영주이십니다. 아름다운 부인도 있지 않으십니까?

하인1: 나리 때문에 온 얼굴이 눈물로 덮이기 전까지는 세상에서 가장 아름다운 분이셨습니다. 물론 지금도 그렇지요.

슬라이: 그럼 내가 진짜 영주란 말이오? 내게 그런 부인이 있다고? 이게 꿈이 아니라고? 아… 나는 땜장이도 슬라이도 아니구나! 그럼, 여기 술 한 병하고 아름다운 내 부인을 데려오거라.

하인2: 자, 그럼 이제 손을 씻으시지요.

(하인이 세숫대야를 대령한다.)

하인2: 15년 만에 드디어 자신의 신분을 알아보시니 정말 기쁩니다!

슬라이: 15년이라고? 그래 내가 그동안 한마디 말도 하지 않았던가?

하인1: 몇 마디 하셨지만 종잡을 수 없는 말이었지요. 가끔은 시슬리 해킷이란 이름을 목놓아 부르기도 하셨습니다.

슬라이: 하, 그건 술집 색시 이름이야.

하인1: 술집 색시라니요? 나리께서 그런 사람을 아실 리가 없지 않습니까?

슬라이: 그치. 어쨌든 완쾌하게 해주신 하느님께 기

도나 올리자.

일동: 아멘!

슬라이: 고맙군. 자네들의 기도를 헛되게 하지 않을 거네.

(부인으로 변장한 시동이 하인들을 데리고 등장한다.)

시동: 나으리, 무고하시지요?

슬라이: 잘 지내고 있지! 여기 진수성찬이 차려져 있네. 내 부인은 어디 있는가?

시동: 여기 있습니다. 나으리. 분부하실 것이라도 있으신지요?

슬라이: 당신이 내 부인이라고? 근데 날 왜 여보라고 부르지 않고 나으리라고 부르시오?

시동: 남편은 제 주인이나 다름없으신 분입니다.

슬라이: 알겠소. 그럼 난 이 여자를 어떻게 불러야 하오?

영주: 부인이라고 부르시면 됩니다.

슬라이: 부인, 사람들이 말하길 내가 15년간 꿈에 빠져 있었다고 합니다.

시동: 그 15년이 저에게는 30년과 같은 세월이었습니다.

슬라이: 그렇군, 여봐라 부인만 빼고 다들 물러가라. 부인, 침대 위로 올라오시오.

시동: 나리, 청이 있습니다. 의사들이 아직 병환이 다시 돌아올 수 있으니 당분간 동침을 피하라고 하였습니다. 그러니 하루 이틀만이라도 참으시지요.

슬라이: 참기 힘들지만 참아 보겠소.

(하인 등장)

하인: 나으리께서 쾌차하셨다는 소식을 듣고 연극단이 찾아왔습니다. 의사들도 연극이 좋을 것이라고 합니다. 나으리께서는 슬픔 때문에 피가 얼어붙었고 그로 인해 우울증이 심해져 광증이 도지신 거라 재밌는 연극을 보시면 더욱 쾌차할 수 있을 것이라 합니다.

슬라이: 좋아, 그리하지. 연극은 어떤 장르인가?

시동: 옛날이야기 같은 겁니다.

슬라이: 좋아, 그럼 봐야지. 부인 내 옆에 오시오. 세월을 돌릴 수는 없지만, 지금부터라도 제대로 살아야지.

(나팔소리)

제1막

1장-파도바의 광장

(루첸티오, 트라니오가 등장한다.)

루첸티오: 트라니오, 난 오랫동안 동경해 왔네. 예술의 고향인 파도바를 보길 말이야. 마침내 롬바르디에 도착했어. 아버지의 허락을 얻어 떠났고, 아버지의 호의로 자네까지 동행하니 모든 일이 잘 풀릴 것 같아. 아무튼, 이번 여행에 내가 공부하고 싶은 건 덕행이야. 어떻게 생각해?

트라니오: 도련님, 제 생각도 도련님과 같습니다. 하지만 재미가 없으면 아무 도움이 되질 않습니다. 가장 좋아하는 공부를 하세요. 어려운 것들은 나중에 해도 괜찮습니다.

루첸티오: 고마워. 아주 좋은 충고야. 만약 비온델로가 왔다면 당장 준비했을 텐데… 근데 저 사람들은

누구지?

트라니오: 우리가 여기에 온 것을 환영하는 사람들인 것 같습니다.

(뱁티스타, 카타리나, 비앙카, 그레미오, 호르텐시오가 등장하여 루첸티오와 트라니오 옆에 선다.)

뱁티스타: 여보시오, 그만들 하시오. 내가 분명하게 말하지만, 큰딸에게 남편감을 얻어 주기 전에는 작은 애를 먼저 시집보낼 생각이 없소.

그레미오: 큰딸은 내게 너무 벅찬 상대야…. 호르텐시오, 자네는 누구여도 상관없지 않나?

카타리나: 아버지, 그만하세요. 왜 저를 이런 사람들 놀림감으로 계속 만드시는 거에요?

호르텐시오: 이런 사람들이라니? 무슨 뜻이오? 얌전히 굴지 않으면 아마 당신하고 같이 살 사람은 없을 거요.

카타리나: 걱정하지 말아요. 난 결혼 생각이 눈곱만 큼도 없으니까. 당신이나 정신 차리게 만들기 전에

저리 비켜요.

호르텐시오: 주여, 저런 악마에게서 구해주소서.

그레미오: 저도 좀 구해주소서.

트라니오: 도련님, 재미있는 구경이 벌어졌는데요?

루첸티오: 하지만 잠자코 있는 저 여인을 봐. 처녀답게 거동이 온순하지 않아?

트라니오: 그렇네요, 도련님. 마음껏 구경하십시오.

뱁티스타: 내가 한 말이 사실이란 것을 증명하겠소. 비앙카 집으로 들어가거라.

카타리나: 응석이나 부리는 년! 아마 그 이유를 안다면 모두가 놀랄 걸?

비앙카: 언니나 알아서 하세요. 난 불만이 있지만, 아버지의 뜻이 그렇다면 음악에나 집중하겠어요.

루첸티오: 와, 트라니오. 음악의 신이 입을 열었어!

호르텐시오: 어르신, 너무 매정하십니다.

그레미오: 어르신, 왜 따님을 집에 계속 두려고 하십

니까? 저 악마 때문인가요? 저 악마의 폭언을 둘째 따님에게 향하게 하려고 그런 것인가요?

뱁티스타: 그만 좀 하시오. 들어가라, 비앙카.
(비앙카 퇴장)

뱁티스타: 저 아이가 음악에만 관심이 많은 것은 내가 누구보다 잘 알고 있소. 그러니 가정교사나 들일 생각이요. 그레미오, 호르텐시오씨, 적임자가 있으면 추천이나 해주시오. 그럼 이만 실례하오. 카타리나, 넌 여기 조금 더 있거라. 난 비앙카와 할 이야기가 있으니. (퇴장)

카타리나: 왜지? 내가 들어선 안 되는 이유라도 있는 것인가? 근데 내가 왜 가라면 가고 오라면 와야 하는 거지? 하! (퇴장)

그레미오: 호르텐시오, 당분간은 우리가 참고 기다려야 할 것 같소. 나는 비앙카를 가르칠 적임자나 찾아내 추천해야겠소.

호르텐시오: 우리가 다투느라 그동안 생각하지 못한 문제가 있는데, 그것부터 해결해야 우리가 다시 사랑

의 경쟁을 할 수 있을 것 같소.

그레미오: 그게 무엇이오?

호르텐시오: 그녀의 언니에게 짝을 찾아주는 것이오.

그레미오: 남편?

호르텐시오: 남편이라고 했소.

그레미오: 아니 호르텐시오. 생각을 해보시오. 그녀의 아버지가 부유하나, 그런 불구덩이에 뛰어들 바보가 어디 있겠소?

호르텐시오: 한번 찾아봅시다. 돈만 두둑이 챙길 수 있다면 그런 결정을 할 사람 말이오.

그레미오: 찾을 수 있겠소?

호르텐시오: 어렵겠지만 찾아야 하오. 그래야 비앙카가 자유롭게 짝을 선택할 수 있는 처지가 되니, 그때 가서 다시 경쟁합시다. 어떻소?

그레미오: 아주 좋은 생각이오.
(호르텐시오, 그레미오 퇴장)

트라니오: 도련님, 사랑이란 게 갑자기 사람을 잡을 수도 있나요?

루첸티오: 나도 사랑을 발견하기 전에는 그럴 일은 없다고 믿었어. 하지만 지금 날 봐. 그녀에게 빠진 나의 모습이 그것을 증명하잖아. 그러니 날 도와줘.

트라니오: 지금 도련님을 나무란다고 그 마음이 사라질 것 같진 않네요.

루첸티오: 고마워. 조언이나 계속해줘.

트라니오: 지금 도련님은 눈이 멀어 현실을 제대로 보지 못하셨을 것이에요.

루첸티오: 아니. 봤어. 그녀의 아름다운 얼굴을…

트라니오: 다른 건요?

루첸티오: 봤다니까? 비앙카의 모든 모습이 아주 아름다웠어.

트라니오: 꿈이나 깨십시오. 제발, 일단 현실적으로 생각해서 그녀의 아비 뜻에 따라 큰딸 카타리나부터 해결해야 합니다.

루첸티오: 그렇군. 근데 자네도 듣지 않았는가? 지금 비앙카의 가정교사를 구하고 있다고 하던데.

트라니오: 좋은 생각이 떠올랐어요.

루첸티오: 나도 그래.

트라니오: 둘의 생각이 비슷할 것 같은데요?

루첸티오: 너가 먼저 말해봐.

트라니오: 도련님이 그 집에 가정교사가 되어서 직접 그녀를 가르치려는 거 아닌가요?

루첸티오: 맞네. 근데 그게 잘 될까?

트라니오: 그럴 일 없어요. 도련님은 누가 대역을 서고 가정교사를 해요?

루첸티오: 그건 걱정하지 말게. 어차피 우리 집안 사람 얼굴을 아는 사람은 여기 아무도 없으니 너가 내 행세를 하면 될 것이야.

(둘은 서로 옷을 바꿔 입는다.)

트라니오: 주인님께서 도련님 말을 잘 들어 달라고 하셔서 하긴 하는데…

루첸티오: 잘 수행할 거라고 믿고 있네.

(비온델로 등장)

루첸티오: 이봐, 어디를 그리 돌아다니나?

비온델로: 아니, 이게 어찌된 일입니까? 도련님이 왜 트라니오의 옷을 입고 계십니까?

루첸티오: 길게 설명할 시간 없고, 일단 자네는 트라니오의 하인 행세를 충실히 이행하면 되네 알겠나?

비온델로: 전혀 알아듣지 못했습니다만?

루첸티오: 지금 트라니오가 내 행세를 하는 중이니, 트라니오의 시중을 들라는 것이네.

비온델로: 부럽네. 트라니오…

트라니오: 일단 도련님을 위한 일이니 우리가 합심해서 일을 잘 수행하자고!

루첸티오: 가자, 트라니오. 우리가 해야 할 일이 하나 더 있어. 일단은 네가 청혼자들 중 한 사람인 것인 양 행동해.

(모두 퇴장, 서막 배우들의 이야기로 넘어간다.)

하인1: 나리 졸리십니까?

슬라이: 아니, 재밌게 보고 있네. 근데 더 남았나?

시동: 이제 시작했습니다.

슬라이: 부인, 재밌게 보시오. 나도 즐기는 중이나 빨리 끝났으면 좋겠구려.

(모두 앉아서 연극을 계속 본다.)

2장-파도바의 호르텐시오의 집 앞

(페트루키오와 그루미오가 등장한다.)

페트루키오: 잠시 베로나를 떠난다. 나의 절친 호르텐시오를 만나기 위함이다. 그루미오, 명령이다. 두드려라!

그루미오: 두드리다니 누구를요?

페트루키오: 여기 문을 두드리란 말이다. 아주 세게 두드리거라! 귀를 비틀어 버리기 전에!

그루미오: 으악, 사람 살려. 우리 주인이 미쳤어요.

페트루키오: 이놈이? 빨리해라.

(호르텐시오 등장)

호르텐시오: 무슨 일인가? 내 오랜 친구 그루미오와 페트루키오 아닌가?

페트루키오: 자네, 싸움을 말리러 왔나?

호르텐시오: 자자, 그만하고 일어나게. 그루미오.

그루미오: 그래요. 나리…

페트루키오: 그러니까. 내가 어서 두드리라고 그렇게 말했는데.

그루미오: 언제 그러셨어요. 세게 두드리라고 하셨잖아요.

페트루키오: 조용히 안 해?

호르텐시오: 참게 참아. 그나저나 베로나에는 무슨 일로 오셨는가?

페트루키오: 부친께서 돌아가신 이후로 여기저기 떠돌며 살고 있네… 한몫 챙길 수 있는 좋은 아내나 찾았으면 좋겠구먼.

호르텐시오: 그럼 내 단도직입적으로 제안 하나 하지. 자네 말괄량이를 아내로 맞이할 생각이 있는가?

제안이 달갑지 않겠지만 하나는 확신하네. 아주 부잣집 딸이야.

페트루키오: 재산만 있으면 난 괜찮네. 파도바에서 부자가 되면 되니까!

그루미오: 나리, 저와 대화를 하시죠. 저희 주인은 돈만 있으면 그 무엇도 살 사람입니다.

호르텐시오: 페트루키오, 긍정적이니 농담으로 던진 이야기를 계속하지. 부잣집 딸에 최상의 교육을 받고 자란 여자야. 하지만 성격이 나쁘고 고집이 아주 세다는 단점이 있는 여자일세.

페트루키오: 그만하게! 황금의 위력을 잘 모르는구먼. 그리고 아무리 고약한 아내라도 내 성격으로 누르면 그만일세.

호르텐시오: 부친은 뱁티스타 미놀라로 아주 정중한 신사분일세. 그리고 딸은 카타리나 미놀라로 아주 고약한 여자이지.

페트루키오: 부친은 아주 잘 알고 있네. 그분도 돌아가신 내 아버지를 알 것이네. 일단 어서 나를 그 집

으로 안내하게.

그루미오: 마음이 바뀌기 전에 그냥 데려가십시오.

나리.

호르텐시오: 같이 가세나. 페트루키오. 나의 사랑하는 보물도 그 집에 있으니… 나도 부탁 하나 해도 되나? 뱁티스타 어르신께서 지금 둘째 딸 비앙카의 가정교사를 구한다고 하네. 나를 그 집의 가정교사로 추천해 주시게. 가까이서 그녀에게 접근한다면 더 쉽게 호감을 살 수 있겠지.

(그레미오와 겨드랑이에 책을 끼고 등장한 루첸티오)

그루미오: 도련님, 저기 오는 사람은 누구죠?

호르텐시오: 쉿, 내 경쟁자 루첸티오야.

그루미오: 멋진 사내로구먼.

그레미오: 두 분에게 사랑에 관한 책을 복사해 줄 것

을 부탁하오. 아가씨께서 읽을 책이니 신중해야 하오. 다들 어떤 책을 생각 중이시오?

루첸티오: 당신이 그 자리에 있는 것처럼 호소해 드리겠습니다.

그레미오: 아, 호르텐시오 선생. 마침 잘 만났소. 지금 뱁티스타 어르신께 가서 그대를 가정교사로 추천하려고 하오.

호르텐시오: 좋습니다. 그리고 조력자를 한 명 더 구했습니다. 비앙카에 대한 사랑을 증명하기 위해서는 무엇이든지 할 수 있소.

그레미오: 나도 할 수 있소.

호르텐시오: 지금은 누가 더 비앙카를 사랑하느냐를 따질 때가 아닙니다. 우선 여기 이 친구가 지참금만 넉넉히 받으면 카타리나와 결혼하겠다고 합니다.

그레미오: 좋소. 근데 결점은 다 말씀드렸소?

페트루키오: 고약한 성격이 전부라면 상관없소.

그레미오: 상관없다니? 당신은 어디서 온 사람이오?

페트루키오: 베로나에서 왔고, 나의 부친은 안토니오 님이오. 남은 유산으로 앞으로 행복하게 살기만 바라고 있소.

그레미오: 그런 여자를 데려가면서 행복을 추구하다니 이상한 일이오. 정말 청혼할 생각이오?

페트루키오: 물론이오. 아니라면 왜 여기까지 왔겠소. 전쟁터 소리도 아니고 여인의 고성 정도야 내가 이겨낼 수 있소.

그레미오: 정말 필요하신 분이 오신 것 같소.

호르텐시오: 그래서 말인데, 청혼비용이 얼마가 들든 우리가 다 지원을 해줍시다.

그레미오: 그렇게 합시다.

(비온델로, 멋진 옷을 입은 트라니오 등장)

트라니오: 여러분, 안녕하시오? 길을 좀 물으려 하는

데 뱁티스타 어르신 댁으로 가려면 어디로 가야 하오?

비온델로: 예쁜 두 따님을 둔 댁 말입니까?

그레미오: 그분 따님을 만나시려는 거요?

트라니오: 그렇소.

그레미오: 입이 험한 여자는 아니길 빕니다.

트라니오: 입이 험한 여자는 싫소. 비온델로 가자!

루첸티오: (방백) 시작이 좋아. 트라니오.

호르텐시오: 선생, 방금 말한 그녀에게 청혼할 거요?

트라니오: 그리하면 안 되는 이유라도 있소?

그레미오: 천만에… 여기서 사라져만 준다면…

트라니오: 도대체 무슨 말들을 하고 계시는 거요?

그레미오: 그 아가씨는 안 되는 이유가 있소.

트라니오: 무엇이오?

그레미오: 이 그레미오님께서 찍어두신 사람이오.

호르텐시오: 그녀는 이미 호르텐시오를 점 찍어두신 분이오.

트라니오: 신사분들, 비앙카와 같이 아름다운 여인에게 경쟁자가 하나 더 생기는 것은 아주 당연한 일이오. 그러니 진정들 하시오.

그레미오: 이 양반이 뭐라는 거야.

루첸티오: 그냥 떠들도록 내버려둬요.

페트루키오: 왜들 그러고 있소?

호르텐시오: 실례지만 당신은 그분의 딸들을 만나 본 적이 있소?

트라니오: 한 번도 없지만, 큰딸은 성격이 고약하고 작은딸은 아주 조신한 여자라고 들었소.

페트루키오: 이봐, 큰딸은 건드리지 마. 근데 선생, 하나 알아두셔야 할 게 있소. 그 집은 큰딸이 시집가기 전까지 작은딸을 시집보내지 않겠다고 선언한 집이오.

트라니오: 그럼 당신이 작은딸을 자유롭게 만들어 우

리 모두에게 감사를 받으시오.

호르텐시오: 지당하신 말씀이오. 모두 이 신사분께 감사를 드려야 하오.

트라니오: 당연한 말씀이오. 이렇게 합시다. 오늘 연회에서는 다 같이 친구가 되어 먹고 마십시다. 우리가 연모하는 그녀를 위해서 말입니다.

그루미오, 비온델로: 좋소, 다들 갑시다.

호르텐시오: 좋은 생각이오. 그렇게 합시다. 아 그리고 페트루키오, 자네 몫은 내가 다 지불하겠네.

(모두 퇴장)

제2막

1장-파도바의 뱁티스타의 집 방안

(카타리나가 비앙카의 손을 묶어 등장한다.)

비앙카: 거짓말 안 할 테니까 이거 좀 풀어봐.

카타리나: 그럼 말해봐. 청혼하는 남자 중에 제일 맘에 드는 사람이 누구야?

비앙카: 특별히 마음에 드는 사람은 없어.

카타리나: 거짓말 하지 마! 호르텐시오 아니야?

비앙카: 맹세코 아니야. 언니가 그 사람이 좋다면 대신 설득해 줄게.

카타리나: 부자를 좋아하나? 그럼 그레미오? 늙은 부자를 남편 삼아 호사스럽게 살려고 하는구나!

비앙카: 아니라니까! 장난 좀 그만 쳐. 이제.

카타리나: 그게 장난이면 이것도 장난이지! (비앙카를 때린다)

(뱁티스타 등장)

뱁티스타: 왜 이렇게 동생에게 무례하게 구는 것이냐! 비앙카, 너는 가서 네 할 일을 하거라.

(카타리나에게) 왜 동생을 못살게 구는 것이냐?

카타리나: 말하지 않으니까 그러죠. 가만히 안 둔다. (비앙카에게 달려든다.)

뱁티스타: 아니 이젠 내 면전에서? 비앙카, 어서 방으로 들어가라. (비앙카 퇴장)

카타리나: 동생만 보물이고 애지중지하시네요. 저는 방에 들어가 저 혼자 분풀이가 될 때까지 울기나 하겠어요. (카타리나 퇴장)

뱁티스타: 나처럼 불쌍한 팔자의 사내가 또 어디 있

을까? 근데 저기 오는 사람들은 누구지?

(그레미오, 볼품없는 복장의 루첸티오, 페트루키오, 음악가를 대동한 호르텐시오, 트라니오, 루트와 책을 들고 온 비온델로 등장)

그레미오: 뱁티스타 어르신 안녕하시오?

뱁티스타: 안녕하시오. 그레미오씨.

페트루키오: 어르신, 어르신께는 카타리나라는 참한 딸이 하나 있다고 하던데, 맞나요?

뱁티스타: 카타리나라는 딸이 있기는 합니다만…

그레미오: 너무 무례하오. 예의를 갖추어 말하시오.

페트루키오: 왜 시비 거는 것이오? 내 일에 참견하지 마시오. (뱁티스타에게) 안녕하세요! 어르신. 저는 베로나에서 온 신사입니다. 어르신께 아주 참하고 예쁜 딸이 있다는 소식을 듣고 이렇게 한걸음에 달려와 어

르신께 찾아왔습니다. 그리고 저를 환대해 주신 대가로 한 사람을 천거할까 합니다. (호르텐시오를 소개하며) 어르신께서 지금 둘째 따님의 가정교사를 찾고 있다는 말씀을 듣고 음악과 수학에 조예가 깊은 사람을 추천합니다. 저의 체면을 봐서 이 자를 가정교사로 맞아 주시지요. 이 자는 만토바 출신의 리치오라는 사람입니다.

뱁티스타: 잘 오셨소. 추천하신 분도 환영하오. 그런데 안타깝게도 난 그대가 내 첫째 딸을 감당하지 못할 거라는 사실을 잘 알고 있소.

페트루키오: 따님을 안 주신다는 말씀이신가요?

뱁티스타: 그냥 사실 그대로 말한 것일 뿐이오. 그대는 누구고 이름은 무엇이오?

페트루키오: 제 이름은 페트루키오입니다. 저희 아버지는 안토니오이시고요.

뱁티스타: 아 부친을 나도 알고 있소. 그분을 봐서라도 자네를 환영하네.

그레미오: 페트루키오, 자네 말고 우리에게도 청혼할

기회를 좀 주시오.

페트루키오: 미안하오. 빨리 일을 처리해 버리고 싶어서…

그레미오: 그렇겠지요. 하지만 곧 청혼을 후회하게 될 것이오. 페트루키오씨는 분명히 좋은 추천이 될 겁니다. 그리고 한 명을 더 소개하겠습니다. (루첸티오를 소개하며) 프랑스 랭스에서 오랫동안 공부한 캄비오를 소개합니다.

뱁티스타: 정말 고맙소, 그리고 캄비오씨 아주 잘 오셨소. (트라니오에게) 근데 댁은 무슨 용건으로 오셨소?

트라니오: 어르신, 저는 파도바에서 초행으로 여기를 왔으나, 어르신의 두 번째 따님께 청혼하기 위해서 왔습니다. 그래서 저에게도 청혼을 위해 따님께 자유롭게 접근하고 싶습니다.

뱁티스타: 루첸티오라고 했나? 어디 출신이오?

트라니오: 피사 출신으로 빈첸티오님이 제 부친이십니다.

뱁티스타: 피사의 명문가 출신이로구먼, 나도 소문으로 들어 그분을 잘 알고 있소. 환영하오. 루첸티오씨. (호르텐시오에게) 이 루트를 드시오. (루첸티오에게) 책이 든 이 상자를 드시오. 어서 가서 당신의 학생들을 만나 보시오.

(하인 등장)

뱁티스타: 게 누구 없느냐? 이분들을 내 딸에게 소개해 주거라. 사부님이 될 자이니 잘 모시라고 일러라.

(호르텐시오, 루첸티오, 비온델로와 함께 하인 퇴장)

뱁티스타: 우리는 잠시 정원을 산책한 뒤에 식사합시다. 여러분 모두 진심으로 환영합니다.

페트루키오: 어르신 제가 바쁜 몸이라 매일 따님께 청혼을 드릴 수 없어 몇 마디를 올리고자 합니다. 제 부친을 아신다 했으니 제가 어떤 사람인지 또한 아실

것이라고 믿습니다. 전 가문의 후계자로 아버님의 재산을 모두 받아 놓은 상태입니다. 혹시 제가 따님과 결혼한다면 얼마의 지참금을 받을 수 있겠습니까?

뱁티스타: 내 사유지 절반과 재산 중 2만 크라운을 그대에게 드리겠소.

페트루키오: 그럼 저도 보증하겠습니다. 만약 제 사후에 따님께서 살아 계신다면 그녀에게 토지 전부와 매매권을 넘기도록 하겠습니다. 이를 약조할 계약서 하나만 써주시겠습니까?

뱁티스타: 좋소, 근데 조건이 하나 있소. 바로 내 딸의 마음을 얻은 후에 결혼하는 것이오.

페트루키오: 좋습니다. 그건 어렵지 않습니다. 아무리 고집 센 따님도 저의 마음 앞에선 무너질 것입니다. 저는 애송이처럼 나약하게 고백하지 않으니까요.

뱁티스타: 그럼 구혼에 성공하길 빌겠소. 그러나, 내 딸의 독설에 너무 상심치 않았으면 하오.

페트루키오: 당연합니다. 잘 버텨내 보겠습니다.

(머리에 상처를 입은 호르텐시오 등장)

뱁티스타: 무슨 일이오? 얼굴색은 왜 그렇고?

호르텐시오: 겁을 먹어서 그렇습니다.

뱁티스타: 어때? 내 딸은 음악가가 될 자질이 있소?

호르텐시오: 제 생각에 군인이 되는 것이 제일 현명합니다.

뱁티스타: 아니 루트로도 사로잡지 못했단 말이오?

호르텐시오: 그렇습니다. 오히려 제가 당했습니다. 손가락 쓰는 방법이 틀려 훈수를 뒀을 뿐인데 본인이 알려주겠다며 제 머리를 그대로 내리쳤습니다.

페트루키오: 정말 힘이 넘치는 아가씨로군! 더 관심이 생겨서 빨리 만나봐야겠어.

뱁티스타: (호르텐시오에게) 상심하지 말고 둘째 딸에게 가보시오. 그녀는 상냥하게 그대를 대해줄 것이오. 페트루키오, 같이 가보겠소? 아니면 케이트를 여기로 보낼까요?

페트루키오: 전 여기서 케이트를 기다리겠습니다.

(호르텐시오, 뱁티스타 퇴장)

(카타리나 등장)

페트루키오: 오, 그대가 케이트인가?

카타리나: 잘 듣긴 했는데, 귀가 좀 이상하네. 사람들은 날 카타리나라고 부르는데...

페트루키오: 거짓말하지 마시오. 누구나 당신을 케이트라고 부르오. 사람들은 때로 고약한 케이트라고 하지만 난 다르오. 내가 보기에 그대는 기독교국에서 가장 아름다운 소녀요. 그대를 보고 나의 마음이 요동쳤소. 케이트, 난 그런 당신에게 아내가 되어 달라고 청혼하기 위해 무거운 발걸음을 옮긴 것이오.

카타리나: 옮겨 왔다고? 그럼 다시 발을 돌려 돌아가시오. 난 그대가 옮기기 쉬운 가구라는 걸 이미 눈치 챘으니까!

페트루키오: 그게 무슨 뜻이오?

카타리나: 접었다 펼쳤다 해서 여기저기 놔두는 의자 같다는 뜻이오.

페트루키오: 정확하군. 그럼 이 의자 위에 앉아 보시오.

카타리나: 당나귀는 짐을 싣기 위해 태어난 동물이에요. 당신 같죠.

페트루키오: 아니지. 여자가 남자를 태우기 위해 태어났죠.

카타리나: 설령 그렇다고 해도 내가 당신 같은 사람을 태울 암말은 아니에요.

페트루키오: 나도 그대에게 무거운 짐이 되긴 싫소. 당신이 아직 여리고 가볍다는 것을 잘 알고 있으니까.

카타리나: 너무 가벼워서 당신 같은 촌뜨기에는 잡힐 수 없죠.

페트루키오: 자꾸 말꼬리를 잡고 늘어지는군. 하지만

참겠소. 난 선량한 신사요. 케이트.

카타리나: 어디 한번 시험해 볼까요? (페트루키오를 때린다)

페트루키오: 또 때린다면 나도 한 대 때리겠소.

카타리나: 팔이 근질근질한가 봐요? 날 때리면 신사가 아니겠죠. 신사가 아니라면 문장 또한 없을 거고.

페트루키오: 문장? 내 문장을 그대 가문 족보에 새겨 넣어 주시오.

카타리나: 아, 자꾸 귀찮게 구네. 내가 상관할 바는 아니니 이만 갈게요.

페트루키오: 이렇게 가지 마시오. 그렇게 달아날 필요는 없지 않소? (카타리나를 붙잡는다.)

카타리나: 놔요, 안 놓으면 상처를 낼 거에요.

페트루키오: 안돼요. 케이트, 난 그대가 소문과는 다르게 아주 상냥한 소녀라는 것을 알고 있소.

카타리나: 멍청한 양반, 꺼져요. 명령질은 종들에게나 하시고.

페트루키오: 케이트, 난 이미 그대의 아버지에게 그대와 혼인을 약속했소. 난 날카로운 길고양이 같은 그대를 순한 집고양이로 길들이기 위해 태어난 사람이오. 그러니 거절하지 마시오. 내가 기필코 그대의 남편이 될 거니까.

(뱁티스타, 그레미오, 트라니오 등장)

뱁티스타: 얘기는 잘 되고 있소?

페트루키오: 실패란 없습니다.

뱁티스타: 그러기엔 표정이 많이 안 좋은데?

카타리나: 저를 딸이라고 하셨나요? 그럼 말씀드리죠. 아버지의 온정 잘 봤습니다. 이런 미치광이와 저를 혼인하게 하려 하다니…

페트루키오: 장인어른, 사실 세상은 그녀를 잘못 알고 있습니다. 그녀는 마치 제2의 그리셀처럼 인내심이 있고, 로마의 루크리스와 같이 정숙하신 분입니

다. 저희는 이번 주 일요일에 결혼식을 올리겠습니다.

카타리나: 그 일요일에 그대가 먼저 교수형에 처해질 거에요.

그레미오: 그대가 먼저 교수형에 처해질 것이라는데, 이거 성공 맞소?

트라니오: 이게 성공이라고? 우리의 희망도 전부 끝났군.

페트루키오: 여러분 진정하시오. 이 페트루키오는 이미 그녀를 선택했소. 내가 좋으면 그만이지 그대들이 무슨 상관이오? 저희 결혼식 준비나 성대하게 해주십시오. 장인어른. 제가 그녀를 아주 예쁘게 꾸미겠습니다.

뱁티스타: 뭐라고 해야 할지 모르겠네. 하지만 악수하세. 페트루키오, 이것이 결혼 약속이오.

그레미오,트라니오: 아멘, 저희가 증인이 되겠습니다.

페트루키오: 장인어른과 내 아내, 무사히 잘 계시오. 저는 혼인 전에 베니스에 다녀오겠습니다.

(페트루키오가 카타리나에게 키스한다. 카타리나는 그런 페트루키오를 밀치고 도망친다. 페트루키오는 카타리나와 다른 문으로 퇴장)

그레미오: 이런 갑작스러운 약혼이 있나?

뱁티스타: 여러분, 나는 지금 무역상을 하고 있소. 사업을 운에 맡기고 있지요.

트라니오: 물건을 썩히는 것보다는 빠르게 파는 게 이득이지요.

뱁티스타: 나는 그저 두 딸이 짝을 이루어 조용히 잘 살길 바라는 마음으로 한 말이오.

그레미오: 그 사람이 어르신의 딸을 낚아챈 것이 틀림없습니다. 어르신 이야기가 나온 김에 둘째 따님의 혼처도 정하시지요. 저는 이웃이자 또한 최고의 구혼자가 될 것입니다.

트라니오: 저는 말로는 표현 못 할 정도로 그녀를 사랑하는 사람입니다.

그레미오: 젊은 당신이 사랑을 표현할 수 있소?

트라니오: 늙어서 굳어버린 심장보다는 잘 표현할 수 있지.

그레미오: 젊은 사랑은 그 열기에 스스로 타 버리기 마련.

트라니오: 늙은 얼굴로 여자의 마음을 얻을 수 있을 것이라 생각하오?

뱁티스타: 그만 좀 하시오. 내가 중재하겠소. 내 딸에게 더 많은 지참금을 선물할 수 있는 쪽이 내 딸과 결혼하게 될 것이오. 그레미오씨 얼마나 보장할 수 있소?

그레미오: 저희 집에는 아주 아름다운 여러 가지 장식품, 젖소 100필, 황소 120필이 있습니다. 나이도 많은 제가 곧 죽게 된다면 이 모든 것을 그녀에게 남기고 가겠습니다.

트라니오: 저는 피사에 있는 근사한 저택을 서너 채 따님에게 드리겠습니다. 그리고 제가 먼저 죽으면 따님이 혼자 계실 때 쓰기 위해 매년 2천 더넛의 이득

을 볼 수 있는 기름진 땅도 따님께 남기겠습니다. 어떻소, 그레미오씨? 궁지에 몰렸지요?

그레미오: 앞에 말했듯이 저는 따님에게 모든 것을 드리겠습니다. 또한, 마르세유 항구에 있는 제 상선 한 척도 드리겠습니다. 어떻소, 트라니오? 상선을 주겠다는 말에 숨 막히지 않소.

트라니오: 제 부친의 상선이 3척 이상 된다는 것을 온 세상 사람들이 다 알고 있습니다. 또한, 튼튼한 배 두 척과 열두 척의 갤리선까지 보유하고 있지요. 이 모든 것을 제 사후에 비앙카에게 넘기겠습니다.

그레미오: 가진 것을 다 드리겠다고 약조했습니다.

트라니오: 어차피 어르신의 뜻에 따른 경매에서 제가 이겼으니 따님을 주시지요.

뱁티스타: 그레미오에겐 미안하지만 트라니오의 제안이 더 가치 있소. 트라니오, 자네가 비앙카의 신랑이 되시오. 하지만 그전에 아버님께 가서 내 딸에 대한 보증을 받아오시오. 일요일에 카타리나가 결혼하고 그 다음 주 일요일에 비앙카와 결혼하시오. 그대는 그때까지 아버님께 보증을 받아오시오. 그렇지 않으

면 이 결혼은 무효입니다. 이만 가 봐야겠소. 두 분 모두 감사합니다.

그레미오: 안녕히 가십시오, 어르신.

(뱁티스타 퇴장)

그레미오: 자네가 걱정할 만한 대상은 아닌 것 같군. 자네 부친이 바보인가? 아들의 결혼을 위해 전 재산을 투자하다니 말이 되는 소리를 하시오. (퇴장)

트라니오: 얼굴에 주름만 가득한 늙은이에게 저주가 있기를! (방백) 위기를 넘기긴 했으나 다음은 어떡하나… 옳지, 루첸티오 아버지를 연기할 대역을 세워야겠구먼. 혼담 하나를 성사시키기 위해 자식이 아비를 만들다니 쯥… (모두 퇴장)

제3막

1장-파도바의 뱁티스타의 집 방안

(캄비오로 변장한 루첸티오, 음악가로 변장한 호르텐시오, 비앙카가 등장한다.)

루첸티오: 사기꾼 음악가 양반, 이제 그만하시오. 그녀의 언니에게 받은 그 대접을 벌써 잊었소?

호르텐시오: 시비 좀 그만 거시오. 학자 양반. 비앙카가 카타리나 같은 줄 아시오?

루첸티오: 앞뒤 분간도 못 하는 멍청한 양반.

호르텐시오: 이보시오! 그런 무례한 말은 참을 수가 없소.

비앙카: 왜들 이러세요. 무엇을 배울지는 제가 선택할 부분입니다. 두 분께서 이렇게 저를 앞에 두고 싸우시면 그건 저를 모욕하는 거에요. 제가 정하겠습니

다. 호르텐시오씨 먼저 악기 조율을 해주세요. 조율이 끝나면 이분의 강의가 끝날 것입니다.

호르텐시오: 조율이 끝나면 강의도 끝나겠죠? (물러간다)

루첸티오: 절대 조율될 리가 없지. 빨리 조율이나 하러 가시오.

비앙카: 저번 시간에 어디까지 했죠?

루첸티오: 이 부분입니다.

비앙카: 조금 더 자세히 번역해 주세요.

루첸티오: 해석하겠습니다. 앞서 말씀드린 대로 저는 피사에서 온 루첸티오입니다. 아버님께 그대와의 청혼을 허락받고 있는 건 제 시동인 트라니오에요. 그대의 사랑을 얻으려고 변장하여 여기까지 찾아왔습니다.

호르텐시오: (돌아와서) 아가씨, 조율 끝냈습니다.

비앙카: 들어보죠. (호르텐시오 연주한다.) 그만둬요! 귀 아파요.

루첸티오: 어이 음악가 양반, 다시 가서 제대로 조율하시오.

비앙카: 제가 번역한 내용을 다시 한번 읽어볼 테니 확인해 주세요. 저는 당신을 몰라요. 믿을 수도 없어요. 하지만 저 사람이 듣게 되는 건 주의하세요.

호르텐시오: 아가씨, 조율 완료했습니다.

루첸티오: 저음만 빼고 조율되었소.

호르텐시오: 저음도 조율되었소. 지금 듣기 싫은 소리를 내는 건 악기가 아니라 악당인 그대 목소리요. (방백) 저 악당이 지금 비앙카를 유혹하고 있는 게 분명해. 조금 더 감시를 철저히 해야겠어.

비앙카: 시간을 조금 더 주세요. 당장은 믿기 어려워요.

루첸티오: 제발 의심치 마시오.

비앙카: 선생님 말씀이니 믿어야죠. 아, 리치오 선생님. 이번엔 선생님 차례입니다.

호르텐시오: 수업은 이제 내게 맡기고 당신은 가서

산책이나 하시오.

루첸티오: (방백) 저 음악가 뭔가 속이 있어. 잘 감시해야겠어.

호르텐시오: 아가씨, 악기를 배우기 전에 음악의 기본인 음계부터 가르쳐 드리겠습니다.

비앙카: 하지만 전 예전에 음계를 배웠는걸요?

호르텐시오: 제가 만든 음계는 조금 달라요. 한번 보시죠.

도-나는 모든 화음의 기초다.

레-호르텐시오의 열정을 호소한다.

미-비앙카, 나를 그대의 신랑으로 삼으시오.

파-모든 열정을 바쳐 그대를 사랑하니

솔-음자리는 하나인데 음표는 둘이구나.

라,시-날 받아줘요. 안 그러면 나는 죽으리라.

비앙카: 이게 음계라고요? 마음에 안 드네요. 전 구식 음계가 더 좋아요. 그리고 이상한 방법으로 제 마

음을 얻으려 하지 마세요.

(하인 등장)

하인: 아가씨, 아버님께서 이제 그만하고 카타리나의 침대를 꾸미는 것을 도우라고 하셨습니다. 아시다시피 내일이 결혼식이니까요.

비앙카: 선생님들 살펴 가세요. 전 이만 가봐야겠네요. (비앙카 퇴장)

루첸티오: 그럼 나도 여기 있을 이유가 없소. (퇴장)

호르텐시오: 저 엉터리 선생 아무래도 비앙카와 사랑에 빠진 것 같아. 비앙카 그대가 멍청하다면 저 사람의 미끼를 물어버리시오. 그렇다면 난 후회 없이 다른 이에게 가겠소. (퇴장)

(모두 퇴장)

2장-뱁티스타의 집 앞

(뱁티스타, 그레미오, 트라니오, 카타리나, 비앙카, 루첸티오, 기타 하인들 등장한다.)

뱁티스타: (트라니오에게) 루첸티오씨, 오늘 카타리나와 페트루키오가 결혼하기로 한 날 아니오? 그런데 신랑이 어디 간 것이오? 결혼식에 신랑이 없으면 엄청난 망신이 될 것입니다. 어떻게 생각하시오?

카타리나: 망신당할 사람은 저뿐이죠. 마음에도 없는 결혼을 해야 하다니. 제가 말했죠? 그 사람은 청혼은 급하게 결혼은 느긋이… 사실은 떠벌리기를 좋아할 뿐 결혼할 생각은 없어 보였다고요.

트라니오: 카타리나, 뱁티스타 어르신 진정하세요. 페트루키오가 고의로 그랬을 리는 없고, 무언가 사정이 있을 겁니다. 퉁명하지만 현명한 사람이고 매우 착한 사람입니다.

카타리나: 그런 사람을 만나지 않았으면 좋았을 것을….

(카타리나 울면서 퇴장, 비앙카도 언니를 따라 퇴장)

뱁티스타: 안으로 들어가거라. 네가 우는 걸 탓할 순 없겠지. 그렇게 상처받으면 성자라도 화낼 테니까. 성미 급한 말괄량이로 자랐거늘.

(비온델로 등장)

비온델로: 나리, 굉장한 소식이 도착했습니다!

뱁티스타: 어떤 소식이냐?

비온델로: 그분이 온다는 소식 못 들으셨습니까?

뱁티스타: 왔다고?

비온델로: 아닙니다. 나리.

뱁티스타: 그럼 무엇이냐?

비온델로: 오고 있는 중입니다.

뱁티스타: 언제 도착하겠느냐?

비온델로: 그분이 이 자리에서 나리의 얼굴을 마주할 때 도착한 것이겠지요?

트라니오: 근데 굉장한 소식은 뭐냐?

비온델로: 페트루키오씨가 지금 여기로 오고 있습니다. 그런데 행색이 아주 초라합니다.

뱁티스타: 누구하고 오던가?

비온델로: 하인하고 오고 있습니다. 근데 그 하인 또한 신사의 하인이라고 믿을 수 없을 정도로 초라합니다.

트라니오: 희한한 옷차림을 한 것을 보니 장난기가 발동한 것 같습니다.

뱁티스타: 행색이야 상관없으니까 오기나 했으면 좋겠소.

비온델로: 나리, 그분은 오지 않으셨습니다.

뱁티스타: 왔다고 하지 않았느냐?

비온델로: 페트루키오요?

뱁티스타: 그래

비온델로: 아닙니다. 그분의 말이 등에다 그분을 태우고 도착한 겁니다.

뱁티스타: 그거나 그거나…

비온델로: 다릅니다.

(노래한다)

(희한한 행색을 한 페트루키오와 그루미오가 떠들며 등장)

페트루키오: (큰 목소리로) 자, 한량들은 어디에 있느냐?

뱁티스타: (당황스러운 표정으로) 잘 왔네

페트루키오: 잘 온 것 같지 않은데요?

뱁티스타: 중간에 낙오한 것은 아니지 않은가.

트라니오: 난 당신이 좀 더 화려하길 바랬습니다.

페트루키오: 이렇게 입은 게 더 나은 거 같소. 그나저나 내 신부는 어디 있소? 장인어른 왜 그런 표정을 지으십니까?

뱁티스타: 자네 오늘 결혼식인 건 알고 있지? 나타난 건 다행인데 그런 복장을 하니 걱정되는군. 당장 그거 벗어 던지게.

트라니오: 무슨 일이 있어서 신부를 기다리게 했소?

페트루키오: 말해봤자 지겨울 겁니다. 왔으니 된 거 아니요? 내 신부는 어디 있소?

트라니오: 그런 무례한 차림으로는 불가하오. 옷부터 갈아입으시오.

페트루키오: 나는 이 복장으로 만날 것이오.

뱁티스타: 설마 그 꼴로 결혼식에 가진 않겠지?

페트루키오: 반드시 그럴 거니까 더 따지지 마시오. 내가 옷과 결혼하는 것도 아닌데 그게 뭐가 그리 중요하오? 난 내 취향대로 할랍니다.

(페트루키오, 그루미오, 비온델로 퇴장)

트라니오: 저런 차림을 한데는 다 이유가 있겠지요. 어쨌든 설득하여 갈아 입히는 게 좋겠소.

뱁티스타: 난 따라가서 뭘 하는지 살펴야겠소.

(뱁티스타, 그레미오 퇴장)

트라니오: (루첸티오에게) 도련님, 비앙카와 결혼하려면 그녀의 마음을 얻는 것도 중요하지만, 아버님의 호의를 얻는 것도 중요합니다. 도련님이 가장 많은 돈을 지불하는 것으로 일을 꾸며 바로 소원을 성취하시는 게 어떠신가요?

루첸티오: 그런데 나와 같이 가정교사를 하는 놈이 비앙카를 감시 중이야. 그놈만 아니면 그냥 비밀 결혼이라도 해버릴 텐데….

트라니오: 다 고려하여 준비해서 일을 성공시켜보도록 하죠.

(그레미오 등장)

트라니오: 그레미오씨 오십니까?

그레미오: 돌아가는 중이오.

트라니오: 신랑, 신부도 돌아가는 중인가요?

그레미오: 신랑? 그냥 성질 더러운 사람 같소만.

트라니오: 그래봤자 신부만 하겠소?

그레미오: 그 사람은 그냥 악마요.

트라니오: 글쎄, 그 여자는 악마가 맞다니까.

그레미오: 신랑도 미친 것이, 신부님에 대한 대답에 욕이 빠지는 법이 없고 신부를 모욕하는 발언을 서슴지 않고 뱉소이다.

트라니오: 카타리나는 어떻게 했소?

그레미오: 그냥 벌벌 떨고 있었소. 내 평생 그렇게 웃긴 결혼식은 처음 봅니다.

(페트루키오, 카타리나, 비앙카, 뱁티스타, 호르텐시오, 그루미오 다시 등장)

페트루키오: 여러분 오늘 축하하기 위해 와주셔서 감사합니다! 그러나 급한 일정이 있어 오늘 출발해야 할 것 같습니다.

뱁티스타: 오늘 바로 출발한다고?

페트루키오: 밤이 되기 전에 떠나야 합니다. 정말 급한 용무라 어쩔 수가 없습니다. 아쉬운 대로 건배라도 합시다.

트라니오: 식사가 끝날 때까지라도 있어야 하는 거 아니오?

페트루키오: 안 됩니다.

그레미오: 있어 주시오.

카타리나: 저도 간청합니다.

페트루키오: 알겠소. 당신이 기다려 달라고 간청하는 게 좋소. 하지만 아무리 간청해도 떠나긴 해야 하오. 내가 타고 갈 말은?

그루미오: 준비됐습니다.

카타리나: 마음대로 해요. 난 오늘 꼼짝도 안 할거에요.

페트루키오: 진정하시오.

카타리나: 진정 되게 생겼어요?

그레미오: 재밌네. 드디어 본색이 드러나는군.

카타리나: 자, 다들 연회장으로 가주세요.

페트루키오: 여러분은 카타리나의 부탁대로 연회장으

로 가주시오. 나는 그녀를 데리고 가겠소. 날 말린다면 무력행위도 할 것이오. 비키시오.

(페트루키오, 카타리나, 그루미오 등장)

뱁티스타: 저렇게 화목한 한 쌍이니 내버려 둡시다.

그레미오: 난 웃겨 죽는 줄 알았소.

트라니오: 아무리 미치광이가 많다지만 이렇게 웃긴 결혼식은 없을 거야.

루첸티오: 아가씨, 언니분을 어떻게 생각하십니까?

비앙카: 미친년이니 미친놈을 만난 것 아니겠어요?

그레미오: 페트루키오는 제 짝을 만난 것이오.

뱁티스타: 신랑, 신부는 이 자리에 없지만, 비앙카가 카타리나 자리에 루첸티오가 페트루키오 자리에 앉아서 연회를 계속하겠소.

트라니오: 미리 보는 다음 결혼식인가요?

뱁티스타: 그렇소.

(모두 퇴장)

제4막

1장-페트루키오의 시골집 홀

(흙이 잔뜩 묻은 그루미오가 등장한다.)

그루미오: 하 춥다 추위! 날뛰는 말에 성질 나쁜 주인에 아주 고생이다. 고생이야! 이봐, 커티스!

(커티스 등장)

커티스: 누가 불렀나?

그루미오: 커티스, 나 몸이 얼었어… 불 좀…

커티스: 주인님과 안주인께서 오시나?

그루미오: 불 줘. 불! 물 말고!

커티스: 안주인님이 엄청난 말괄량이라는 소문이 사실인가?

그루미오: 오늘 아침까지는 그랬는데, 서리를 맞은 후엔 다들 조용해진 상태네.

커티스: 집어치워! 그루미오, 세상 돌아가는 얘기나 한번 해주게.

그루미오: 커티스, 어서 불이나 피워. 일이나 하라고! 주인님께서 얼어 죽게 생겼으니.

커티스: 이미 준비되었네. 그러지 말고 얘기나 해보게.

그루미오: 자네가 원하는 이야기를 들려주지.

커티스: 남의 등쳐먹는 고약한 사람도 있나?

그루미오: 있지, 있고 말고. 하지만 그 전에 불이 있어야지. 요리사는? 저녁은? 집 안 청소는 구석구석 모두 다 해 놨지?

커티스: 다 되었으니 이야기나 해 보게.

그루미오: 그럼 먼저 내 말이 탈진했다는 걸 알아둬.

그래서 주인님과 안주인께서 말에서 굴러 떨어지셨지.

커티스: 그 얘기나 해 줘.

그루미오: 귀 좀 줘 봐.

커티스: 여기

그루미오: (귀를 때리며) 어때?

커티스: 이건 들으라는 게 아니라, 느끼라는 거 아닌가?

그루미오: 그만큼 감각적인 이야기라는 거지. 자 이제 시작해보겠네. 두 분이 말을 타고 흙탕물을 내려왔지.

커티스: 둘이 같은 말을?

그루미오: 그게 뭐?

커티스: 글쎄, 한 필이라…?

그루미오: 에휴, 말을 끊지 않았더라면 내가 자세하게 이야기해 주려고 했는데, 거기가 얼마나 진흙탕이

었고, 주인님은 어떤 꼴이었고, 어떻게 욕을 하고, 안주인님이 어떻게 빌었는지 다 알려주려 했는데…

커티스: 안주인님 이상한 짓 하는 건 주인님과 마찬가지군.

그루미오: 그래, 그분이 집에 오시면… 이러고 있을 때가 아니야. 필요한 옷은 준비는 다 됐어?

커티스: 다 됐어.

그루미오: 불러오게.

커티스: 준비는 다 됐나? 난 새 주인님 얼굴 뵈러 가야 하는데.

그루미오: 얼굴을 본다고? 보지 않아도 타고난 얼굴을 하고 계셔.

커티스: 그걸 모르겠나?

그루미오: 마치 얼굴을 봐주려고 여러 사람을 불러 모으는 것 같군.

커티스: 그분 면 서게 해 드리려고 그러는 거야.

그루미오: 안주인이 체면 구길 일이 뭐 있나?

(하인들 등장)

너새니얼: 반갑네. 그루미오!

필립: 그래, 어떤가? 그루미오.

조지프: 그루미오!

니컬러스: 그루미오구나!

너새니얼: 그래, 어떤가?

그루미오: 돌아와서 반갑네. 인사는 이쯤이면 됐고, 준비는 다 되어있나?

너새니얼: 준비는 다 되어있지. 주인님은 얼마나 오셨나?

그루미오: 거의 다 오셨네.

(페트루키오, 카타리나 등장)

페트루키오: 다들 어디 갔느냐?

하인들: 여기 있습니다!

페트루키오: 아무도 마중을 똑바로 나오지 않다니! 먼저 보낸 바보는 어디 있느냐?

그루미오: 여기 있습니다!

페트루키오: 내가 분명 전원을 저 앞까지 마중 나오게 하라고 말하지 않았느냐?

그루미오: 죄송합니다. 보다시피 다들 옷 상태가 철저히 준비되지 않아…

페트루키오: 꺼져라. 가서 저녁이나 가져와라! (하인들 퇴장) 케이트 여기 앉아요.

(하인들 식사를 가지고 등장)

페트루키오: 아니? 물은 도대체 왜 엎지르는 게야!

카타리나: 모르고 한 거잖아요. 좀 참아요.

페트루키오: 아이고, 저 천한 놈 일하는 꼴 하고는, 뭐야? 양고기야?

하인1: 네…

페트루키오: 왜 이렇게 탔어? (고기와 음식을 내동댕이친다.) 하여튼 요리사 놈들! 음식 똑바로 해오지 못해? 당장 다시 해 와!

카타리나: 고기는 잘 익었어요.

페트루키오: 카타리나, 내 다시 한번 말하지만 다 탔소. 이따위 고기를 먹을 바엔 굶는 게 나을 것 같소. 그냥 이만 신방으로 갑시다.

(페트루키오, 카타리나, 커티스 퇴장)

너새니얼: 이런 일 본 적 있냐?

피터: 자신의 성질로 안주인님 기를 죽이려는 거지.

(커티스 다시 등장)

그루미오: 주인님은?

커티스: 안주인 방에서 여자의 덕목에 대해서 꾸짖고 욕설을 하며 설교 중이시네.

(모두 퇴장)

(페트루키오 재등장)

페트루키오: 이렇게 나는 교묘히 남편으로서 지배권을 가지게 되었다. 앞으로 이 집안에서 여러 일을 통하여 더 확실하게 주도권을 잡겠어. (퇴장)

2장-파도바의 뱁티스타의 집 앞

(트라니오, 호르텐시오가 등장한다.)

트라니오: 비앙카가 나 말고 다른 사람을 좋아하고 있다고? 그게 말이 됩니까?

호르텐시오: 확인하고 싶다면 유심히 살펴보시오.

(트라니오와 호르텐시오가 옆으로 물러난다)

(비앙카, 루첸티오 등장)

루첸티오: 아가씨 도움이 되셨나요?

비앙카: 뭘 읽었지요?

루첸티오: 사랑의 기술이요. 그게 제 전공이니까요.

비앙카: 그럼 선생님께서 대가라는 걸 증명하실 수 있겠네요?

루첸티오: 아가씨께서 제 여자친구가 되어주시면 증명해 보일 수 있습니다.

(그들이 물러선다)

호르텐시오: 이래도 아닌 것 같소?

트라니오: 아, 정말 믿지 못할 일이요.

호르텐시오: 사실대로 하나 말하겠소. 난 라치오도 음악가도 아니오. 저 여인의 마음을 얻기 위해 위장을 했소. 사실 나는 호르텐시오라는 사람이오.

트라니오: 당신이 비앙카에 대한 마음을 포기한다면 그대와 뜻을 함께하기로 맹세하겠소.

호르텐시오: 저 꼴을 보느니 맹세하고 그대와 힘을

합칠 것이오.

트라니오: 그럼 나도 여기서 맹세하겠소. 절대 그녀와 결혼하지 않을 것이오.

호르텐시오: 나도 포기하고 나를 좋아해 주던 돈 많은 과부와 사흘 안에 결혼할 것이오. 나의 사랑을 얻게 될 것은 아름다운 여인이 아니라 마음씨 고운 여인이 될 것이오. 그럼 이만 실례하겠습니다.

(호르텐시오가 퇴장하고 루첸티오와 비앙카의 앞으로 나선다)

(모두 퇴장)

3장-페트루키오의 집 방안

(카타리나, 그루미오가 등장한다.)

그루미오: 안 됩니다. 어찌 제가 그럴 수 있겠습니까?

카타리나: 제발 먹을 걸 가져다줘. 우리 아버지도 돈 없는 거지를 보면 바로 적선했는데, 이건 뭐 내 고통을 즐긴다는 듯이 해버리니… 아무튼 독이 든 음식이 아니라면 뭐든지 가져다줘.

그루미오: 송아지 족발은 어떤가요?

카타리나: 너무 좋다. 그걸로 가져다줘.

그루미오: 너무 기름직 음식이라 걱정되네요. 소 내장은 어떠신가요?

카타리나: 그럼 그걸로 할게.

그루미오: 그럼 겨자를 곁들인 쇠고기 한 조각은?

카타리나: 그것도 좋겠다.

그루미오: 아, 이건 너무 매울 것 같네요.

카타리나: 그럼 겨자를 빼고 가져다줘.

그루미오: 안 됩니다. 겨자가 빠지면 무슨 맛으로 쇠고기 한 조각을 먹습니까? 차라리 쇠고기를 빼고 겨자만 가져다 드리겠습니다.

카타리나: 장난하냐? 썩 꺼져라. 짜증나니까.

(페트루키오가 고기 접시를 들고 호르텐시오와 등장)

페트루키오: 카타리나, 이게 어찌 된 거요?

호르텐시오: 부인, 안녕하십니까?

카타리나: 정말 말로 설명할 수 없는 냉대를 받고 있어요.

페트루키오: 기운 내고 이걸 보세요. 당신을 위해 고

기를 가져왔어요. 그런데 왜 고맙다는 말이 없죠? 맘에 안 드는군요. 여봐라, 접시를 다시 도로 내가거라.

카타리나: 제발 그냥 두고 가세요.

페트루키오: 보잘 것 없어도 내가 손수 만든 음식인데 고맙다는 말은 해야 하지 않겠소?

카타리나: 감사합니다! 서방님.

호르텐시오: 너무 하는구먼. 페트루키오! 카타리나 부인, 제가 식탁에 동석하지요.

페트루키오: (방백) 호르텐시오, 날 위한다면 그냥 자네가 다 먹어버리게! (크게) 카타리나, 어서 드시오!

(카타리나 허겁지겁 먹는다)

페트루키오: 자, 우리 장인어른 댁으로 갑시다. 가기 전에 화려한 옷으로 당신을 꾸며주고 싶소.

(재단사 등장)

페트루키오: 어서 오게. 가져온 거 한번 보여주시고.

(방물장수 등장)

페트루키오: 자네는 뭘 가져왔나?

방물장수: 주문하신 모자를 가져왔습니다.

페트루키오: 이게 뭐야? 쓰레기 같구먼! 치우고 좀 더 큰 것을 가져오거라!

카타리나: 이게 유행이에요. 요즘 고상한 여자들은 다 이걸 써요.

페트루키오: 그런 건 쓰지 마시오. 아직 아니 되오.

카타리나: 뭐라고요? 나도 말할 권리가 있어요. 어린 애도 아니고… 당신이 차라리 귀를 막아요. 난 할 말

할 테니까.

페트루키오: 그래, 당신 말이 다 맞소. 하지만 그것은 좋은 모자가 아니요. 당신도 나와 생각이 같다니 정말 다행이오.

카타리나: 나는 이 모자를 꼭 쓸 겁니다. 다른 것은 싫어요.

(방물장수 퇴장)

페트루키오: 재단사? 준비한 가운은 어떻게 됐지? 아니 이게 뭐야? 천막이야 가운이야?

호르텐시오: (방백) 뭐가 됐든 카타리나의 손에 들어가긴 다 틀린 것 같군.

재단사: 나리께서 요즘 유행에 맞게 잘 만들어달라고 하셔서….

페트루키오: 이딴 게 유행이야? 처분은 자네 알아서 하고 썩 물러가거라!

카타리나: 이게 유행이에요. 당신 왜 그래요? 나를

마치 꼭두각시로 만들려고 하는 것 같아요.

페트루키오: 바로 보았소. 저 재단사가 당신을 꼭두각시로 만들어 물건을 팔 속셈이오.

재단사: 나리, 마님 말씀은 나리께서 마님을 꼭두각시로 만들려고 한다는….

페트루키오: 시끄럽다. 이놈. 감히 나에게 도전하려 들다니! 네 놈이 가운을 망친 것으로는 정신을 못 차렸구나!

재단사: 아닙니다. 나리, 저는 주문 받은 대로 만들었습니다. 그루미오가 옷감을 가져다 주었는걸요?

그루미오: 그렇게 주문한 적 없소. 옷감만 가져가 주었을 뿐이지.

재단사: 하지만 저렇게 만들어 달라고 하지 않았나?

그루미오: 실과 바늘을 사용하라고 했을 뿐이오.

재단사: 그럼 재단하라고 하지 않았는가?

그루미오: 옷감을 그냥 덕지덕지 붙여 놓기만 했는데?

재단사: 그건 그래.

그루미오: 내가 멋진 가운을 만들어 달라고 했지. 이렇게 옷감을 대충 붙이랬나? 거짓말 좀 그만하게나.

재단사: 아니, 난 증거가 있어. 여기 이렇게 만들라고 해 놨는데?

페트루키오: 읽어 보게.

그루미오: 만약 이상하다면 그건 거짓말이야.

재단사: 첫째, 사이즈를 여유롭게 지을 것.

그루미오: 나리, 전 가운이라고만 했습니다.

페트루키오: 계속 해 봐.

재단사: 둥글게 만든 케이프를 달 것.

그루미오: 달라고 했지.

재단사: 넓은 통소매를 달 것.

그루미오: 소매 두 개를 넣으라고만 했지.

재단사: 소매는 정교하게 재단할 것.

페트루키오: 그래, 오해의 소지가 있군.

그루미오: 주문서에 착오가 있었어요!

재단사: 내 말은 틀림없어.

그루미오: 뭐라고? 자 덤벼!

호르텐시오: 그루미오, 자네가 그러면 재단사가 불리하지 않나?

페트루키오: 뭐가 됐든, 난 이 옷이 마음에 들지 않는다는 거야.

그루미오: 맞는 말씀이십니다.

페트루키오: 이 옷은 가져가서 네 주인이나 입으라고 해라.

그루미오: 그건 절대 안 돼. 우리 안주인 옷을 자기 주인 옷으로 쓰다니….

페트루키오: 왜 안돼?

그루미오: 나리, 나리께서 생각하지 못하신 부분이 있습니다. 저 옷을 저놈 주인이 입으면 무슨 음란한

생각을 할지도 모릅니다.

페트루키오: (방백) 호르텐시오, 나중에 저 옷의 값을 치룬다고 해줘. (재단사에게) 넌 옷을 가지고 꺼져라!

호르텐시오: (재단사에게) 내일 내가 옷값을 치러 주겠네. 너무 개의치 말고 옷을 가지고 돌아가게.

(재단사 퇴장)

페트루키오: 자 카타리나, 이제 아버님을 뵈러 가십시다. 언제 출발하면 좋을까? 오전 7시쯤 된 것 같으니 지금 출발하면 되겠구나. 저녁까지는 도착하겠지!

카타리나: 감히 말씀드리는데 벌써 오후 2시입니다.

페트루키오: 당신은 어째서 내가 하는 일을 사사건건 방해하는 것이오. 내일 출발할 것이다. 아니, 내 마음이 내키는 시간이 되면 출발할 것이다.

호르텐시오: 저 망나니가 이제 태양에게 명령까지 하는구먼.

(모두 퇴장)

4장-파도바의 뱁티스타의 집 앞

(트라니오가 빈첸티오가 옷으로 차려입은 선생으로 등장한다.)

트라니오: 이 집이 그 집입니다. 갈까요?

교사: 그래야죠. 그러려고 온 것이니. (말투를 바꾼다.) 뱁티스타 어르신께서 날 기억하고 있을 거야… 20년 전에 같이 숙박한 일이 있으니 말이지.

트라니오: 어떤 일이든 정말 제 아버지처럼 엄격하게 행동하셔야 합니다.

교사: 걱정하지 마십시오. 저기 하인이 오니 저 아이에게도 잘 일러두십시오.

(비온델로 등장)

트라니오: 걱정하지 마십시오. 비온델로, 넌 내가 시킨대로만 해라.

비온델로: 제 걱정은 하지 마세요.

트라니오: 뱁티스타씨에게 말은 전했느냐?

비온델로: 부친께서 베니스에서 도련님을 많이 기다린다고 전했습니다.

트라니오: 잘했다! 이건 술값이다. 받아두거라.

(뱁티스타, 루첸티오 등장)

트라니오: 어르신, 이분이 말씀드렸던 제 아버지입니다. 이제 약속대로 비앙카 양을 제 아내로 맞게 해주십시오.

교사: 기다려 봐라. 아들아! 파도바에서 듣자 하니 제 아들놈과 댁의 따님분의 마음이 잘 맞는 것 같습니다. 그러니 이 결혼을 더 미룰 이유가 없을 것 같습

니다.

뱁티스타: 맞는 말씀입니다. 제 딸에게 충분한 재산을 양도해 주실 거라는 약속만 하면 저는 바로 허락할 생각입니다.

트라니오: 어르신, 감사합니다. 그럼 약혼은 어디서 하는 게 좋을까요?

뱁티스타: 우리 집에서 하는 것은 곤란하오. 듣는 이가 많아 우리 약속에 걸림돌이 될 수 있소.

트라니오: 그럼 제 숙소에서 하는 것이 어떻습니까? (캄비오로 변장한 루첸티오에게 눈짓을 한다.) 제 하인을 보내 공증인을 구해 오겠습니다.

뱁티스타: 비앙카에게 이르게. 곧 루첸티오의 아내가 될 것 같다고!

루첸티오: (방백) 진심으로 그리 되길 빕니다.

트라니오: (루첸티오에게) 어서 가라는 곳에나 가 보세요! (뱁티스타에게) 피사에 오시면 더 나은 대접을 해드리겠습니다.

뱁티스타: 그럼 따라가겠소.

(트라니오, 교사, 뱁티스타 퇴장)

비온델로: 캄비오!

루첸티오: 비온델로, 왜 그래?

비온델로: 가짜 주인이 눈짓하는 걸 보았나?

루첸티오: 그게 뭐?

비온델로: 아무것도 아닙니다. 호호.

루첸티오: 숨은 뜻이 있구먼.

비온델로: 저기 가짜 아들에 가짜 아버지입니다.

루첸티오: ???

비온델로: 도련님이 그분 따님을 데리고 식사를 하러 가십니다.

루첸티오: 그리고?

비온델로: 언제든 말씀만 하시면 결혼하실 겁니다.

루첸티오: 그게 뭐 어쨌다는 거냐?

비온델로: 더 이상은 말씀드릴 수 없어요. 확실한 것은 속이고 있다는 거죠! 전 여기까지만 말하겠습니다! (비온델로가 발걸음을 움직인다.)

루첸티오: 비온델로, 제대로 말해 봐!

비온델로: 전 바쁩니다. 곧 있을 결혼 준비를 해야 하니까요.

루첸티오: 내가 뭘 걱정해야 하는 건가? 어떻게 되든 간에 비앙카에게 확실하게 털어놔야겠어!

(모두 퇴장)

5장-공공 도로

(페트루키오, 카타리나, 호르텐시오와 하인들이 등장한다.)

페트루키오: 자 가자! 장인어른 댁이 가까워진다. 달빛마저 날 환영하는구나!

카타리나: 저건 태양인데요?

페트루키오: 달이라고 하지 않았소.

카타리나: 저건 태양입니다.

페트루키오: 내가 달이라면 저건 달이야. 왜 이렇게 토를 다는 거야? 안 되겠다. 달이 뜰 때까지 기다렸다가 가자.

호르텐시오: 카타리나, 그냥 달이라고 해요. 저거 성격이 워낙….

카타리나: 알겠어요. 달이에요.

페트루키오: 달이라 했소?

카타리나: 네, 저건 달이에요.

페트루키오: 아니요, 저것은 축복받은 태양이오.

카타리나: 네, 축복받은 태양이네요. 하지만 당신이 달이라고 하면 달이죠.

호르텐시오: 자네가 이겼네. 어서 다시 출발하세.

페트루키오: 좋아, 전진!

(여행자 복장을 한 빈첸티오 등장)

페트루키오: (빈첸티오에게) 어디 가는 길이오? 카타리나, 이보다 아름다운 귀부인을 본 적 있소?

호르텐시오: 노인에게 귀부인이라니 왜 저러는가?

카타리나: 정말 꽃같이 아름다운 귀부인이시네요!

페트루키오: 미쳤소? 저분은 주름투성이인 노인이잖소.

카타리나: 죄송해요. 할아버지, 제가 잘못 봤네요.

페트루키오: 무례를 용서하시오. 아무튼, 어디로 가는 길이오? 목적지가 같으면 동행하겠소?

빈첸티오: 파도바로 가는 길이오. 내 아들놈을 보러 가는 중이오.

페트루키오: 아드님 성함이?

빈첸티오: 루첸티오라고 합니다.

페트루키오: 잘 만났군요. 아마 지금쯤 이 사람 여동생과 그 친구가 결혼했을 겁니다. 이 사람 여동생은 평판이 아주 괜찮고 집안도 괜찮은 여자니 어르신도 아주 좋아할 겁니다.

빈첸티오: 정말이오? 그냥 여행객에게 던지는 농담은 아니겠지요?

호르텐시오: 예, 맞습니다. 어르신.

페트루키오: 자, 그럼 진실을 확인하러 가시지요.

(호르텐시오만 남고 모두 퇴장)

호르텐시오: 그래, 페트루키오. 자네를 보고 용기를 얻었네. 만약 내 뜻대로 되지 않는다면 자네처럼 해야겠어.

(퇴장)

제5막

1장-파도바의 루첸티오의 집 앞

(비온델로, 루첸티오, 비앙카가 한쪽으로 등장하고 그레미오는 다른 쪽에서 서성인다.)

비온델로: 신부님은 벌써 준비가 다 되셨어요.

루첸티오: 그래. 비온델로, 신나 보이는구나. 집안일 때문에 널 찾을지도 모르니 어서 가보거라.

비온델로: 아닙니다. 도련님께서 가시는 걸 보고 가겠습니다.

(루첸티오, 비안카, 비온델로 퇴장)

그레미오: 캄비오가 아직 나타나지 않다니 이상하군.

(페트루키오, 카타리나, 빈첸티오, 하인들 등장)

페트루키오: 여기가 루첸티오의 집입니다. 전 장인 어른 댁에 가야 하니 더 가보겠습니다.

빈첸티오: 그냥 가시려고요? 술 한잔 받고 가시지요. (문을 두드린다.)

그레미오: 안이 분주한 것 같으니 문을 좀 더 세게 두드리시지요.

(교사, 현관 위 창문에 등장)

교사: 누구요?

빈첸티오: 루첸티오라는 사람이 안에 있소?

교사: 있긴 합니다. 하지만 그와 만날 수는 없소.

빈첸티오: 그를 위해 200파운드를 가져온 사람과도

말이오?

교사: 몇백 파운드 잘 간수하시오.

페트루키오: 이보시오, 쓸데없는 소리 말고 루첸티오에게 아버님이 왔다고 전하시오.

교사: 거짓말이오. 여기 그의 부친이 당신들을 보고 있잖소.

빈첸티오: 당신이 아버지라고?

교사: 그렇소.

페트루키오: 이게 어찌 된 일입니까? 다른 사람을 사칭하다니 너무 뻔뻔한 사기꾼 아닙니까?

교사: 내 행세를 하고 있는 저 악당을 잡아주시오.

(비온델로 다시 등장)

비온델로: 두 분에게 축복을! 아니 이게 누구신가?

도련님의 아버님 아니야? 이제 다 틀렸다.

빈첸티오: (비온델로) 이리 오거라, 이놈아!

비온델로: 가는 것은 제 맘이죠.

빈첸티오: 날 잊은 것이냐?

비온델로: 그럴 리가 있겠습니까? 전 당신을 처음 보는데요?

빈첸티오: 뭐라고? 네 주인의 부친을 본 적이 없다고?

비온델로: 뭐라고요? 제 주인의 부친은 저기 서 계신데요?

빈첸티오: 정말 이럴 거냐? (비온델로를 때린다.)

비온델로: 사람 살려! (퇴장)

교사: 아들아, 도와줘라!

페트루키오: 카타리나, 옆으로 물러나서 이 싸움을 계속 봅시다. (두 사람이 옆으로 물러난다.)

(뱁티스타, 트라니오, 교사, 하인들 등장)

트라니오: 내 하인을 함부로 패는 당신은 누구요?

빈첸티오: 누구냐고? 아이고, 이놈 입은 걸 봐라? 사치는 다하고 있구나!

트라니오: 뭐가 어찌 되었다는 거죠?

뱁티스타: 미친 사람 아니오?

트라니오: 이보시오, 내가 뭘 입든 도대체 무슨 상관이오?

뱁티스타: 사람 잘못 보셨소!

빈첸티오: 얘는 트라니오야! 내가 세 살 때부터 길러온 아이인데.

교사: 꺼져라. 미친놈! 얘는 루첸티오고 나의 외아들이야.

빈첸티오: 루첸티오라고? 그럼 네가 제 주인을 죽였구나? 이놈을 체포하시오!

트라니오: 경관을 불러주십시오.

(경관 도착)

트라니오: 이 미친놈을 감옥에 넣어주십시오!

빈첸티오: 날 감옥에 넣겠다고?

그레미오: 잠깐만요! 그를 가둘 필요는 없습니다.

뱁티스타: 가만히 있으세요. 그레미오씨, 저 사람은 감옥에 가야 합니다.

그레미오: 하지만 이 분이 진짜 빈첸티오씨인데요.

교사: 맹세할 수 있으면 그렇게 해보시오.

그레미오: 감히 맹세까지는 못하는데….

트라니오: 그럼 내가 루첸티오가 아니라고 해보시오.

그레미오: 당신이 루첸티오인 것은 잘 알고 있긴 한데….

뱁티스타: 꺼져, 미친 늙은이! 감옥에 빨리 가둬 버리세요.

빈첸티오: 낯선 곳에 오니 이런 봉변을 다 당하네.

(비온델로, 루첸티오, 비앙카 등장)

비온델로: 이제 다 틀렸어! 도련님 제발 모른 척 하세요.

루첸티오: (무릎을 꿇으며) 아버님, 죄송합니다.

빈첸티오: 살아 있었느냐?

(비온델로, 트라니오, 교사 달아난다.)

비앙카: (무릎을 꿇으며) 아버님, 용서하세요.

뱁티스타: 무슨 소리냐? 루첸티오는 어디 있느냐?

루첸티오: 아버님, 제가 진짜 루첸티오입니다.
가짜들이 어르신의 눈을 어지럽히는 동안 따님과
혼례식을 올렸습니다.

그레미오: 이건 음모야! 모두가 속은 거라고.

빈첸티오: 아이고 이놈아! 트라니오는 어디 있느냐?

뱁티스타: 이 사람이 캄비오가 아니란 말이냐?

비앙카: 네, 이 사람은 캄비오가 아니고 루첸티오입니다.

루첸티오: 사랑이 감히 이런 짓을 했습니다.
트라니오도 제가 시킨대로 했을 뿐입니다. 아버님,
용서해 주십시오.

빈첸티오: 날 감옥에 넣으려고 하다니! 절대 용서할
수 없다.

뱁티스타: (루첸티오에게) 내 허락도 없이 둘이
결혼했단 말인가?

루첸티오: 걱정하지 마십시오. 당신의 요구대로
하겠습니다. 그전에 난 이놈을 혼내야겠습니다.

(퇴장)

뱁티스타: 나도 이 일을 제대로 알아야겠소.

(퇴장)

루첸티오: 비앙카, 그렇게 겁낼 것 없소. 당신 아버님도 그렇게 화내지 않을 것이오.

(루첸티오, 비앙카 퇴장)

그레미오: 난 실패한 게 분명해…. 하지만 잔칫상에 내 몫이 아예 남아 있지 않은 건 아니겠지? (퇴장)

(물러서 있던 페트루키오, 카타리나 앞으로 나온다.)

카타리나: 우리도 이 난장판의 끝을 보러 갈까요?

페트루키오: 그 전에 키스해 주시오.

카타리나: 여기서요?

페트루키오: 내가 창피하단 말이오?

카타리나: 아닙니다. 다만 길에서 하는 게 부끄러워서….

페트루키오: 그럼 갑시다. (그레미오에게) 자, 가자!

카타리나: 아니, 아니 그냥 할게요. 가지 마세요. (키스한다.)

페트루키오: 생각보다 괜찮지 않소? 귀여운 카타리나, 하지 않는 것보단 하는 것이 낫소.

2장-루첸티오의 집 방안

(연회가 시작된다. 뱁티스타, 빈첸티오, 그레미오, 선생, 루첸티오, 비앙카, 페트루키오, 카타리나, 호르텐시오 등장, 트라니오, 비온델로, 그루미오, 기타 하인들이 연회 음식을 나른다.)

루첸티오: 상당한 시간이 흘렀고 우리 사이에 불협화음도 있었으나 이렇게 정리되니 잘된 일 아니겠습니까? 오늘은 착석하여 연회를 즐기시지요.

(모두 자리에 앉는다.)

페트루키오: 앉아서 먹는 일밖에 없지 않은가?

뱁티스타: 내 사위, 이건 파도바가 베푸는 거네.

페트루키오: 그럼 파도바가 호의 말고 베풀 수 있는 게 또 뭐가 있습니까?

호르텐시오: 우리 두 사람도 그 말이 사실이길 비네.

페트루키오: 틀림없지! 자네는 부인을 겁내고.

미망인: 제가 겁낸다고 생각하지 마세요.

페트루키오: 제 말뜻은 호르텐시오가 당신을 무서워한다는 겁니다.

미망인: 현기증이 있는 사람은 세상이 돌고 있는 것 같다고 하죠.

페트루키오: 돌려서 대답하시는구먼.

카타리나: 부인, 방금 그게 무슨 뜻이지요?

미망인: 페트루키오 때문에 그런 생각이 들었어요.

페트루키오: 나 때문에 그리되면 호르텐시오가 뭐가 되나?

호르텐시오: 그냥 그 말이 생각났다는 뜻이네.

페트루키오: 해몽이 가관이군.

카타리나: 도대체 '현기증이 있으면 세상이 빙빙 도는 것 같다'가 무슨 뜻이죠?

미망인: 말괄량이 때문에 힘든 댁의 남편이 본인의 슬픔을 제 남편에게 뒤집어 씌운다는 뜻이지요.

카타리나: 천박한 뜻이네요.

미망인: 맞아요. 당신은 천박하니까.

카타리나: 맞아요. 하지만 당신이 몇 배나 더 천박하죠.

페트루키오: 카타리나, 이겨라!

호르텐시오: 미망인, 이겨라!

페트루키오: 100마르크를 걸지. 카타리나가 이길 테니까.

호르텐시오: 나도 걸겠네, 미망인이 이길 거니까.

페트루키오: 호르텐시오, 누굴 쓰러트릴 사람으로 말하는구먼. 그런 의미로 건배! (둘이 건배한다.)

뱁티스타: 그레미오, 재치 넘치는 두 사람을 어떻게

생각하시오?

그레미오: 머리로 박치기를 하네요.

비앙카: 머리로 박치기를 한다고? 재치 있는 사람이라면 제 남편 머리에 달린 뿔로 들이받을 겁니다.

빈첸티오: 너도 눈을 떴구나.

비앙카: 어차피 다시 졸 거에요.

페트루키오: 아니, 처제를 졸게 내버려 둘 수는 없소. 재담으로 깨워주겠소.

비앙카: 제가 새인가요? 편히 쉬려면 자리를 옮겨야 겠어요.

(비앙카, 카타리나, 미망인 퇴장)

페트루키오: 처제가 날 미리 방어하는군.

트라니오: 나리, 제 주인께서 절 풀어 놓으셔서 그냥 앞질러 가서 주인을 위해 사냥했을 뿐입니다.

페트루키오: 적절한 비유구먼.

트라니오: 하지만 나리께서 궁지로 모신 사슴이 역으로 나리를 들이받으려고 하는데요?

뱁티스타: 하하하, 페트루키오, 자네가 한 대 얻어맞았구먼.

루첸티오: 트라니오, 날 조롱해 줘서 고맙네.

호르텐시오: 실토하게. 자네가 한 대 맞지 않았나?

페트루키오: 실토하겠네. 살짝 스쳤네.

뱁티스타: 페트루키오, 진지하게 말하겠네. 내 딸이지만 자네는 세상 최고의 말괄량이를 아내로 맞이한 것 같네.

페트루키오: 전혀 그렇지 않습니다. 그럼 내기 한번 해볼까요? 불러서 부인이 제일 늦게 오는 사람이 진 것으로 하기?

호르텐시오: 좋네, 얼마를 걸까?

루첸티오: 20크라운?

페트루키오: 20크라운? 아내에게 그 정도 밖에 못 거나? 400크라운은 되어야지.

루첸티오: 그럼 100크라운?

호르텐시오: 좋네.

페트루키오: 좋아. 액수는 결정됐네.

호르텐시오: 누가 시작하지?

루첸티오: 내가 시작하지! 비온델로, 아내에게 내가 부른다고 전하거라.

비온델로: 예, 나리. (퇴장)

뱁티스타: (루첸티오에게) 분명히 올 테니 자네에게 내 몫의 절반을 걸지.

루첸티오: 무조건 올 거라 괜찮습니다.

(비온델로 다시 등장)

루첸티오: 그래, 뭐라고 하더냐?

비온델로: 나리께 전하라고 하셨습니다. 바빠서 못

온다고….

페트루키오: 뭐? 그게 답이냐?

그레미오: 정말 친절한 답변이군.

호르텐시오: 비온델로 이번엔 내 아내에게 오라고 전하거라.

(비온델로 퇴장)

페트루키오: 애원이라도 하라고!

호르텐시오: 상관없네. 어차피 자네 아내는 안 올 거니까.

(비온델로 등장)

호르텐시오: 그래 내 아내는 어디에 있나?

비온델로: 부인께서 나리가 농담도 잘 하신다며 안

오신다고….

페트루키오: 개판이구먼. 그레미오, 내 아내에게 부른다고 전해라.

(그레미오 퇴장)

호르텐시오: 뻔하지 뭐.

페트루키오: 뭐가 뻔해?

호르텐시오: 올 리가 없으니까.

(카타리나 등장)

뱁티스타: 아니, 카타리나가 오고 있어.

카타리나: 서방님, 무슨 일인가요?

페트루키오: 동생과 미망인은 어디 있소?

카타리나: 응접실 난로에서 잡담 중입니다.

페트루키오: 당장 가서 무슨 수를 써서라도 그들을 데려오시오.

(카타리나 퇴장)

루첸티오: 이것이 기적인가?

호르텐시오: 정말이오. 이게 무엇인가?

페트루키오: 뭐긴 뭐야. 정당한 삶의 구조지.

뱁티스타: 자네가 내기에서 이긴 것보다 놀라운 것이 카타리나를 바꿨다는 것이네. 내가 2천 크라운을 더 보태겠네.

페트루키오: 아닙니다. 내기에서 이긴 것으로 충분합니다.

(카타리나, 비앙카, 미망인 등장)

페트루키오: 카타리나, 그 모자 이상하군. 버려버리시

오. (카타리나, 모자를 내팽겨친다.)

미망인: 아, 제대로 쉬지도 못하겠네.

비앙카: 사람보고 오라 가라에요?

루첸티오: 당신이 너무 고지식하게 구는 바람에 내가 100크라운이나 잃었소.

비앙카: 나의 순종 여부를 내기에 걸다니, 정말 바보군요.

페트루키오: 카타리나, 명령이오. 저들에게 어떤 의무를 잊고 있는지 알려주시오.

미망인: 헛소리하지 마세요.

페트루키오: 시작하라고 하지 않았소?

미망인: 안 할 걸요?

페트루키오: 미망인에게 먼저 시작하시오.

카타리나: 그 표정 멈추세요! 절대 복종해야 할 서방님의 말을 거스르고 그런 고약한 말이나 심보를 내비치다니요? 우리 여자들은 남편이 집에서 편히 쉴 수

있도록 최선을 다해 말을 듣는 것이 의무라고요.

페트루키오: 암 그래야 진짜 여자지! 카타리나, 내게 키스해 주세요.

루첸티오: 큰동서가 이긴 것 같군.

빈첸티오: 애들에게 들려주기 좋은 말이군.

루첸티오: 고집 센 여자들은 듣기 싫어하는 말이죠.

페트루키오: 자, 카타리나, 이만 자러 갑시다. 우리 세 사람이 결혼했지만, 자네들은 헛다리를 짚었네. 승자가 되었으니 이만 가네!

(페트루키오, 카타리나 퇴장)

호르텐시오: 잘 살게나…. 고약한 말괄량이를 길들이다니….

루첸티오: 실례되는 말이지만 처형이 저렇게 변하다니…. 이건 기적입니다.

(모두 퇴장)

그림 리스트

16쪽   William Quiller Orchardson, Christopher Sly (1867)

58쪽   Gerard van Honthorst, Musical Group on a Balcony (1622)

64쪽   Francis Wheatley,"The Taming of the Shrew," Act III, Scene 2

76쪽   Julius Caesar Ibbetson,Taming of the Shrew, Act IV, Scene 1

88쪽   Edward Robert Hughes, The Shrew Katherina (1898)

92쪽   Washington Allston, Scene from "The Taming of the Shrew" (1809)

104쪽   Julius Caesar Ibbetson,Taming of the Shrew, Act IV, Scene 5

말괄량이 길들이기
The Taming of the Shrew
by William Shakespeare ★ Lee Jun

2023년 11월 1일 1판 1쇄 펴냄

지은이   윌리엄 셰익스피어
옮긴이   이준
펴낸이   박진오

펴낸곳   생각과마음
출판등록 제2021-000002호 2021.1.6.
주 소   14549 경기도 부천시 신흥로 178
이메일   parktri12@naver.com
전 화   032 620 5705 | 팩스 0504 085 8514

ⓒ 2023. 생각과마음 Publishing Co. all rights reserved.
ISBN 979-11-973497-9-9 03840

책값은 뒤표지에 표시되어 있습니다.
잘못된 책은 구입처에서 바꾸어 드립니다.